鯀禹治水

在成長數字教育開發團隊 編繪

全書錄音

中 華 教 育

女媧補天之後，天地雖已恢復安寧，但洪水依舊肆虐人間。滔滔洪水奔騰咆哮，大量的房屋被沖垮，成片的農田被淹沒，百姓流離失所，苦不堪言。

看着人間的災難景象，靈賢着急地說：「這樣不行，我們去找玄鳥尋找治水的辦法！」

靈盼難過地說：「要是共工不那麼衝動，要是祝融寬容一些，也不會有不周山的倒塌，女媧媽媽也不會離開我們了，更不會有滔天的洪水……」

這時玄鳥飛過來，衝他們大喊：「天帝已經派鯀去治水了！」

靈賢說：「聽說鯀在羽山遇到了很多困難，我們快趕過去看看能不能和他一起克服難關！」

他們來到羽山，看到鯀正帶領眾人在堆土壘壩，攔截洪水，大壩越壘越高，可洪水卻越來越大，看着一點也解決不了問題。

於是鯀拿出從天宮盜來的息壤投了下去，息壤頓時變成了高山攔截洪水，可洪水一點也不怕它。水位很快就到達了山頂，水患越來越嚴重了！

這時，天空突然雷聲大作。
「鯀！你可知罪？」
原來是祝融受天帝之命來降罪於鯀。

祝融說：「鯀，數年來，你治水無效，還私自盜取息壤圍堵洪水，使水災加重，我奉天帝之命前來拿你！」

「我奉天帝之命前來治水，想盡一切辦法來圍堵洪水，可是水越堵越多，災情越來越嚴重，無奈之下，我盜取天宮息壤來圍堵洪水，可是水更大了，災民更多了。我對不起天帝對我的信任和天下百姓對我的期盼。我知罪了！」說完，鯀疲憊地倒在地上，永遠地閉上了雙眼。

祝融帶走了息壤，洪水更大了。這時玄鳥飛過來說：「我們去尋找蚣蝮吧！蚣蝮的嘴很大，肚子能盛非常多的水，也許牠能把洪水帶走！」

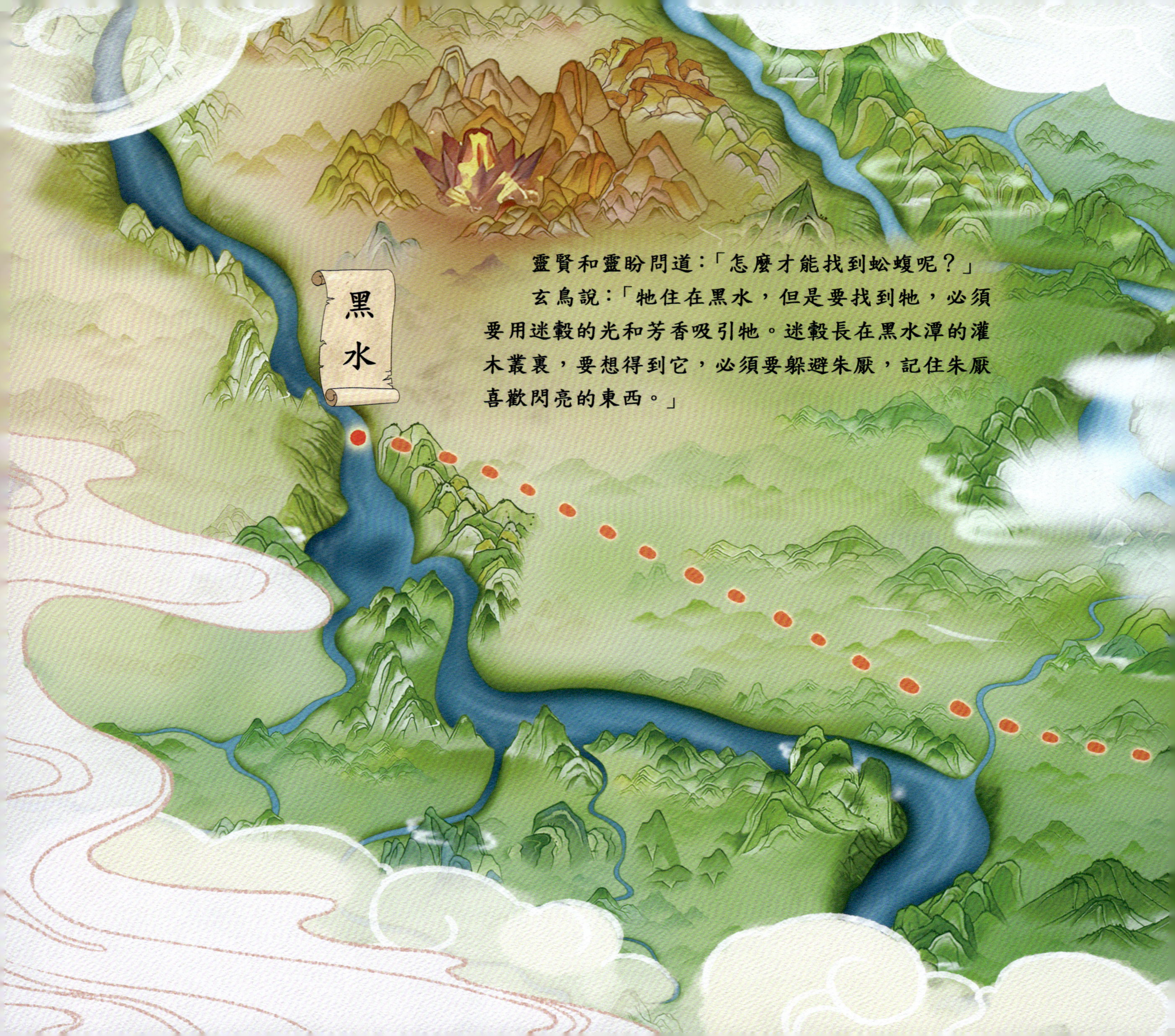

靈賢和靈盼問道：「怎麼才能找到蚣蝮呢？」

玄鳥說：「牠住在黑水，但是要找到牠，必須要用迷轂的光和芳香吸引牠。迷轂長在黑水潭的灌木叢裏，要想得到它，必須要躲避朱厭，記住朱厭喜歡閃亮的東西。」

羽山

他們來到黑水，這裏到處長着奇花異草。

玄鳥小聲說：「那個散發着芳香，閃着光芒的紅色花朵就是迷穀。在迷穀旁邊睡着的就是朱厭。」

於是他們悄悄地靠近迷穀，想趁朱厭熟睡之際把迷穀採走。

嗷嗚——！

一聲巨吼，朱厭朝他們撲了過來。靈賢快速從背簍裏拿出琉璃石扔向水潭深處。

琉璃石的光芒照亮了水潭，朱厭快速地向琉璃石奔去。靈賢、靈盼趁機採下迷轂，迅速離開。

他們來到水潭邊，取出迷轂輕輕搖晃，迷轂的芳香頓時沁入水潭深處。突然，水潭中冒出一隻巨物朝他們游來。

靈賢問道：「您就是善良的蚣蝮吧？大地洪水氾濫，百姓流離失所。聽說您能吸入洪水，我們走了很遠的路才找到您，請您去幫幫他們吧！」

蚣蝮說：「好孩子，我願意和你們一起去幫助人們。」

他們來到水邊，蚣蝮張開大口朝洪水吸去。大量的洪水湧入蚣蝮的腹中，可是水太多了，不一會兒，蚣蝮的肚子就鼓上了天。然而眼前的洪水依舊肆虐，水患仍然沒有得到解決。

蚣蝮說：「看來我也不行，還是想別的辦法吧。」

告別了蚣蝮，靈賢和靈盼來到枸狀山。靈盼說：「我們先去打一些箴魚分給大家。災後容易發生瘟疫，吃了箴魚便不用擔心感染瘟疫病了。」

「分完箴魚，我們要儘快去找治水的人……」他們邊說邊走。

「哎呀——！」靈賢被石子絆了一跤摔倒了，箴魚撒了一地。

「有了！我有辦法了！」他們抬頭一看，一個身材魁梧的壯士在衝他們笑。

「我叫禹，是天帝派我來治水的。剛才我在研究圍堵水的方法，你們一摔，把我的石子全都衝散了，我突然明白應該用疏導的方法來治水。」

禹說：「水流不出去，會越積越多，越堵水位就越高。要是用疏導的方法，讓水排走，疏通河道，讓水流向大海，水患就會消除！」

於是他們開始勘察地形，尋找疏通河道的方法。這時天空突然佈滿紅雲，一條巨龍閃現到他們面前說：「我是天帝派來助你們治水的應龍！有甚麼需要你們儘管吩咐！」

禹高興地說：「太好了！你能幫我們疏通河道嗎？」

應龍說：「沒有問題！看我的吧！」

於是，應龍飛在前面，用強大的身軀在地面上奔騰，一會地面上就出現了條條河道。人們跟在應龍的後面開始排水，條條水流奔向大海，水位開始慢慢地下降了。

黃河是治水的難點，河水洶湧澎湃，暗藏無數玄機。正當禹和大家站在水崖邊思考如何去做時，河水突然分向兩邊，從河底走出一位人面魚尾的長者。

「大家不要着急！」

「您是——？」禹問道。

「我是黃河的水神，我叫河伯，聽說禹治水造福百姓，我特地將這張河圖獻給禹！我花了數百年的時間才將這張河圖繪製完成，上至崑崙，下到東海，所有水象都有標註。相信對你們會有用處的！」說罷，河伯便把河圖交給禹，之後消失在茫茫大水之中。

禹打開河圖一看——「這張河圖太精細了，各種彎道、險流、泉眼、支流盡在圖中。有了它，我們治水就更方便了！」

在河圖的指引下，禹帶領大家開鑿河道、疏通河水，大量河水湧向大海。

為了治水，禹三次經過自己的家門都沒有回去，鄰居實在看不過去了：「禹，你的孩子從出生、長大都沒有見過你，你都不知道家裏甚麼情況了吧？」

禹堅定地說：「我也很想家，但治水太重要了！只有水患解決了，人們才能安居樂業，我才能安心回家！」

河道通了，水患也消除了，可大地上留下了大片大片的洪水沖刷出的溝壑。

「這怎麼辦呢？」禹疑問道。

「不要着急！」這時玄龜馱着息壤緩緩地來到了他們身邊，「天帝讓我帶息壤助你們一臂之力！」

大家一起坐在玄龜的背上，把息壤拋向溝壑。

神奇的一幕出現了！息壤落地後迅速生長，片片溝壑慢慢被填平，變成一望無際的良田。

人們開始在大地上開荒拓土、重建家園。看着人們安居樂業，禹和靈賢、靈盼都開心極了。

洪水終於徹底解決了，大家也到了要分別的時候。

靈賢和靈盼說：「我們要去雲雨山採藥，你跟我們一起去吧！」

禹搖搖頭說：「不了，我好久都沒見過自己的妻兒了，我要趕快回去看看他們！」

「好吧，我們還會再相見的！」

動力種子

Magic Bean

沉浸閱讀

多元化內容

主題涵蓋中國傳統文化、歷史、個人成長，內容應有盡有

配音隨時聆聽

配有普通話配音，隨時想聽就聽

實體書

電子版

精美圖畫細節滿滿

電子版獨有更寬、更大構圖，呈現更多細節

一個為兒童創作繪本，提供繪本閱讀和創作功能的電子平台。每年更新大量優質繪本，提供有趣的繪本互動功能，更具備獨創繪本「創讀」工具，讓兒童隨時閱讀、隨時創作，激發兒童的閱讀興趣和創造能力。

大量互動功能

一點就變

任意拖動人物互動

豐富閱讀體驗，
讓孩子養成閱讀習慣！

發揮創意

改編、創作兩大模式

改編繪本

自創繪本

配音功能

取消 確定

故事人物個性配音，發掘聲音演繹天賦

創作功能

天馬行空隨意畫，激發孩子想像力

發揮孩子奇思妙想，
深入創造人物，改編精彩故事！

書友交流

分享討論繪本心得

查看好友閱讀動態

分享閱讀樂趣，
知己共同創讀！

即時訂閱，全年暢讀！

掃碼下載試用，了解更多！

山海經數字幻旅 4

鯀禹治水

在成長數字教育開發團隊　編繪

總策劃　楊江波　周建華
教育顧問　謝錫金　沈雪明
文案設計　王思琪　吳　非　張如婷　李曼琳
插畫設計　王　倩　劉　瑩　顧啟航
配樂創作　楊若辰
技術開發　臧明正　馬一凱　張軍成　劉　爽　祁自豪
地圖繪製　張相偉

責任編輯：潘沛雯
裝幀設計：在成長數字教育開發團隊
排　　版：在成長數字教育開發團隊
印　　務：劉漢舉

出版 | 中華教育
香港北角英皇道499號北角工業大廈1樓B
電話：(852) 2137 2338 傳真：(852) 2713 8202
電子郵件：info@chunghwabook.com.hk
網址：http://www.chunghwabook.com.hk

發行 | 香港聯合書刊物流有限公司
香港新界荃灣德士古道220-248號 荃灣工業中心16樓
電話：（852）2150 2100　傳真：（852）2407 3062
電子郵件：info@suplogistics.com.hk

版次 | 2025年7月第1版第1次印刷

規格 | 16開（244mm x 215mm）

ISBN | 978-988-8914-27-2